OUI OU NON?

DIALOGUES

PAR

MATHURIN BONSENS

PARIS

En vente chez tous les Libraires

—

1870

Paris. — Imp. Dubuisson et Cⁱᵉ, rue Coq-Héron,

DIALOGUE AVEC L'OUVRIER

L'OUVRIER PIERRE

Je suis bien aise de vous rencontrer, Monsieur :
vous allez me tirer d'embarras.

MOI

A votre service, mon ami. Je suis toujours
heureux quand vous me consultez, quoique vous
ne suiviez pas toujours mes conseils.

PIERRE

Pour ça, vous n'avez pas tort ; mais, vous sa

vez, à l'atelier, il me répètent qu'il faut se mé-
fier du bourgeois; que c'est lui qui nous exploite
et qui prend le plus clair de notre travail... Alors,
je me laisse entraîner à faire comme les autres,
en trouvant drôle tout de même qu'après avoir
crié contre un bourgeois comme vous, que je sais
pas fainéant le moins du monde — ils me fassent
voter pour un autre bourgeois qui flâne plus
qu'il ne pioche, et uniquement parce qu'il dit :
citoyens au lieu de *messieurs*, le *tyran* au lieu de
l'empereur, et qu'il leur promet qu'on travaillera
moins et qu'on gagnera plus : — ce qui m'a toujours paru bien difficile à arranger !... Mais ce
n'est pas de ça dont il s'agit. Faut-il voter *non*, ou
ne pas voter pour la chose du 8 mai prochain ?

MOI

Et pourquoi ne voteriez-vous pas *oui* ?

PIERRE

Il ne s'agit pas de *oui* du tout à l'atelier ! Les
uns tiennent pour ne pas voter, parce qu'ils

disent que le vote ne sera pas libre, que l'on remplacera les « non » par des « oui, » et que d'ailleurs l'exécutif (je crois que c'est comme cela qu'ils appellent le gouvernement), n'a pas le droit de consulter le peuple, mais que c'est le peuple qui doit lui dire ce qu'il veut.

MOI

Ainsi vous pensez que vous ne pouvez pas aller à la mairie porter vos « non » si cela vous convient?

PIERRE

Ah si, par exemple! et je voudrais bien voir le malin qui se mettrait en travers?

MOI

Pensez-vous aussi que votre maire s'entendra avec ses collègues du bureau, et prendra des leçons d'un prestidigitateur pour escamoter votre bulletin et lui en substituer un autre, au vu de tous les citoyens présents?

PIERRE

Non certes, monsieur, je l'en crois bien incapable ; et d'ailleurs, je serai là...

MOI

Quand vous vous êtes présenté chez votre patron, croyez-vous qu'il ait porté atteinte à votre liberté en vous indiquant les conditions du travail dans sa maison et en vous demandant si vous vouliez les accepter ?

PIERRE

Cette bêtise ! il fallait bien qu'il me les raconte, pour que je sache si je voulais m'embaucher... D'ailleurs, j'étais toujours libre de les refuser.

MOI

Et si, au moment où vous traitiez avec votre patron, était arrivé l'avocat d'à côté pour vous dire : Mon ami, je sais mieux que vous ce qui vous convient, et c'est moi qui veux le dire à votre patron!

PIERRE

Je lui aurais joliment dit de se mêler de ses affaires, et que je n'avais pas besoin de lui, puisque je pouvais discuter moi-même mes intérêts.

MOI

Eh bien! le gouvernement ne demande pas autre chose. Du moment où vous pouvez voter librement et où vous êtes sûr que votre vote sera compté, en quoi l'exécutif empiète-t-il sur vos droits en vous demandant si ce qu'il vous propose vous convient ou ne vous convient pas, et en vous engageant à ne pas laisser répondre ou ne pas répondre en votre lieu et place?

PIERRE

Vous avez raison ma foi! et me voici avec les camarades qui veulent voter...

MOI

Mais vous me disiez qu'ils veulent voter « non... »
Ils vous ont donné sans doute de bonnes raisons
pour cela ?

PIERRE

Certainement. Le vote « oui » c'est : qu'on
maintienne tout ce qui existe depuis dix-huit ans ;
et nous n'en voulons plus : nous ne voulons plus
que la volonté d'un seul décide de tout... et puisque chacun paye sa part des impôts, il est juste
que chacun dise son mot pour décider ce qu'on
fera.

MOI

Nous sommes du même avis. Mais si le gouvernement voulait maintenir ce qui existe, il avait
un moyen bien simple : c'était de ne rien faire.

PIERRE

Il ne pouvait pas puisqu'anx élections dernières
le peuple a manifesté qu'il entendait se gouverner
lui-même.

MOI

Il me semble alors que le peuple n'était pas déjà si opprimé, puisqu'il a pu dire cela. Si, comme vous le reconnaîtrez facilement, la nouvelle constitution qu'on propose donne plus de libertés que celle qu'on détruit, il sera encore plus facile au peuple de faire savoir ce qu'il désire.

PIERRE

Oui; mais ils disent à l'atelier qu'elle a seulement l'air de donner plus de libertés, et, par le fait, c'est toujours l'Empereur qui nomme ses ministres...

MOI

Avec cette différence que, dans l'ancienne constitution, les ministres n'étaient responsables que vis-à-vis de l'Empereur, tandis que dans la nouvelle, ils sont responsables devant le pays et devant les chambres, qui les renverront s'ils ne font pas une besogne convenable.

PIERRE

C'est qu'ils disent encore à l'atelier que c'est l'empereur qui fait nommer les députés qui lui plaisent...

MOI

Ce sont donc les députés qui plaisaient à l'Empereur qui lui ont signifié que le peuple était las du gouvernement personnel.

PIERRE

C'est possible tout de même!... Allons! Je commence à croire qu'après tout, nous serons toujours les maîtres d'obtenir les libertés que nous voudrons, en envoyant des députés chargés de les réclamer.

MOI

C'est ce que je voulais vous faire reconnaître. Tout ce que pourraient vous dire les messieurs dont vous me parliez tout à l'heure ne doit pas vous faire oublier qu'avec le suffrage universel l'opinion de la majorité arrivera toujours à se manifester. Toutes les constitutions et tous les plébiscites ne l'empêcheront pas de triompher ; et comme la constitution qu'on vous propose vaut mieux que celle qu'on vous prend — et qui vous a cependant permis d'arriver à la faire changer le jour où vous avez déclaré qu'elle ne vous convenait plus — il n'y a pas de raison pour ne pas accepter la nouvelle qui rendra les choses encore plus faciles.

PIERRE

Vous pourriez bien être dans le vrai... et moi aussi, en allant porter un bulletin « oui » à la mairie de mon arrondissement... Mais qu'est-ce qu'ils diront à l'atelier ?...

DIALOGUE AVEC LE PAYSAN

MOI

Eh bien Jacques, c'est donc dimanche que nous votons ?

LE PAYSAN JACQUES

Oui monsieur.

MOI

Il n'y a pas d'indiscrétion à vous demander si c'est un *oui* ou un *non* que vous porterez à la mairie ?

JACQUES

Il n'y en a pas... mais j'aimerais peut-être autant ne pas vous le dire parce que vous êtes capable de me faire changer d'avis.

MOI

Eh ! monsieur Jacques ! qui vous dit que mon avis n'est pas le vôtre, et — en cas contraire — si vos raisons sont bonnes, pourquoi ne me convertiriez-vous pas ?

JACQUES

Je crois bien que non... car mes raisons ne sont pas mes raisons tout à fait... Je les ai trouvées dans le journal que m'a prêté mon cousin, le menuisier de la ville, et elles me paraissent concluantes comme il dit... Jugez un peu : En votant *non* je me débarrasse du fisc, de l'usurier et du propriétaire, qui s'engraissent à mes dépens. Le fisc : je ne sais pas bien ce que c'est. Pour l'usurier, je dois encore quelque chose sur le dernier lopin de terre que j'ai acheté à Gros-

Jean, mais je lui paye cinq du cent et il en est content comme moi... Quant au propriétaire, je loue deux ou trois arpents à la vieille Marianne qui ne peut plus les faire valoir, vu son mari mort et ses enfants trop jeunes... Mais la pauvre femme est plus maigre que moi et je ne vois pas comment les cent vingt francs que je lui donne par an pourraient l'engraisser beaucoup. Seulement, j'ai appris qu'en votant « *non* » j'abolissais du coup les impôts et la conscription... Ah! ce serait tout de même une bonne affaire !

MOI

Nous avons déjà causé l'autre jour des impôts et de la conscription, et vous avez reconnu que, sans cela, on ne pouvait pas faire des chemins, bâtir des écoles et entretenir l'armée nécessaire pour vous assurer la jouissance paisible des fruits de votre travail.

JACQUES

Je ne m'en dédis pas, mais les impôts sont

écrasants, comme dit le 'journal de mon cousin le menuisier, et, il est positif qu'ils ont bien augmenté depuis dix-huit ans !

MOI

Je ne le nie pas Jacques. Mais dites-moi ? est-que votre fils, quand il va travailler sur les chemins ou ailleurs, ne demande pas une journée plus forte que celle dont vous vous contentiez à cette époque?

JACQUES

Pour cela, si Monsieur ; autrement nous ne pourrions nous en tirer...

MOI

Comment voulez-vous donc que le gouvernement s'en tire sans augmenter vos impositions, puisque c'est lui qui paye les journées de votre fils et des autres? Vous savez, comme moi, que

tout a renchéri, et ce n'est pas un mal, puisque
cela tient à ce que tout le monde vit mieux, s'ha-
bille mieux, s'instruit davantage et meurt beaucoup moins vite... Est-ce que vous changeriez
votre existence contre celle de votre père ? Non,
n'est ce pas ? Vos faiseurs de journaux qui ne
connaissent de la campagne qu'Asnières, Saint-
Cloud, ou la barrière Montparnasse, s'imaginent
que la France est couverte de châteaux et de do-
maines immenses qui appartiennent à quelques-
uns. Ils n'ont pas pris la peine de rechercher si
le nombre des petits propriétaires n'est pas infi-
niment supérieur à celui des grands, et quand
ils représentent tous les propriétaires comme des
sangsues qui se nourissent au détriment du paysan,
ils ne se doutent pas qu'ils attaquent, dans vos
villages, les braves cultivateurs, qui avec de l'or-
dre, du travail et de la conduite, sont parvenus,
comme vous, à créer un petit patrimoine à leurs
enfants!... Vous savez, d'autre part, qu'il n'y a
que l'imprudent ou l'orgueilleux, — celui qui veut
comme on dit crier plus haut que son nez, — qui
s'adresse à l'usurier — tandis que celui qui sait at-
tendre qu'il ait des économies, n'a rien à faire avec

ce vilain monsieur!.. Tenez, père Jacques, il faudra croire aux discours de ces beaux diseurs de Paris et voter comme ils vous conseillent, non pas quand ils crieront contre l'impôt, ce qui est toujours facile, mais quand ils vous montreront le procédé clair et pratique de s'en passer, — non pas quand ils crieront contre la misère, ce qui n'est pas bien malin, mais quand ils vous indiqueront des moyens de la soulager meilleurs que ceux qu'on emploie et qu'on recherche aujourd'hui.

JACQUES

Ah! je vous le disais bien, Monsieur, que si je vous écoutais parler, je ne voterais pas comme je voulais.

MOI

Mais vous ne m'avez seulement pas dit comment vous vous proposiez de voter?

JACQUES

Que vous le savez bien tout de même !... mais je ne me repens pas de vous avoir causé et je m'en vas porter un fameux oui à la Mairie... je vous en réponds !

DIALOGUE AVEC LE BOURGEOIS

MOI

J'espère, monsieur Durand, que vous êtes satisfait! Voici une nouvelle constitution qui renferme, et bien au-delà, ce que vous réclamiez avec tant d'instances aux élections dernières?

LE BOURGEOIS DURAND

Bien au delà! bien au-delà!... cela vous plaît à dire. Il me semble à moi que votre constitution est loin de réaliser complétement le programme arrêté par la réunion des deux centres.

MOI

Alors vous ne voterez pas oui?

M. DURAND

J'aimerais assez de faire savoir au gouvernement qu'il ne doit pas compter tout à fait sur mes sympathies. Voyons! vous ne pouvez nier qu'il ne penche furieusement à droite ?

MOI

C'est peut-être vrai, mais le char de l'Etat (comme on l'appelait jadis) était après les dernières élections fort embourbé dans les ornières du pouvoir personnel. Il a fallu pour l'en tirer, tout en le poussant en avant, le soutenir à droite et à gauche. Ceux qui soutenaient à gauche ont lâché tout à coup et il est allé naturellement à droite.

M. DURAND

C'est bien fâcheux, car le sénatus-consulte est la dernière expression des réformes et des libertés et les progrès que nous avons réclamés en 1869 subiront un temps d'arrêt regrettable !

MOI

Je ne suis pas absolument ennemi des temps d'arrêt, M. Durand, et il n'est pas mauvais, après avoir été en avant, de stationner un peu et de laisser la besogne faite se consolider avant de repartir.

M. DURAND

Je veux bien... mais il ne faut pas reculer.

MOI

Et où voyez-vous que nous ayons reculé?

M. DURAND

Comment! Est-ce qu'on n'a pas enlevé à nos députés la moitié de leur pouvoir pour la donner aux sénateurs que nous ne nommons pas?

MOI

Permettez, Monsieur Durand : les députés n'ont jamais fait une loi qui n'ait été soumise au contrôle du Sénat... Seulement le Sénat pouvait la rejeter sans donner d'autre motif que de la déclarer contraire à la Constitution. N'est-il pas plus libéral de demander une discussion complète et d'autoriser les deux Chambres à s'entendre pour amender la loi s'il est nécessaire. Ce partage, qui en réalité n'en est pas un, ne vaut pas, comme importance politique, la faculté de recevoir les pétitions nouvellement attribuée au Corps législatif et qui lui donne avec les citoyens des communications incessantes et beaucoup plus directes... N'est-ce pas là un avantage vraiment considérable?

M. DURAND

C'est vrai! mais nous n'en sommes pas moins obligés de renoncer à l'élection des maires.

MOI

Les députés de la gauche l'ont dit dans leurs manifestes et les irréconciliables se sont empressés de le repéter: cela prouve bien peu de mémoire, car je ne veux pas accuser leur bonne foi. Comment cette assertion pouvait-elle être produite quand le garde des sceaux, descendait à peine de la tribune du Sénat où il avait combattu pour que le mode de nomination des maires ne soit pas inscrit dans la Constitution !

M. DURAND

Au fait, vous avez raison. Néanmoins, ne craignez-vous pas qu'une majorité trop forte n'entraîne une réaction dont le résultat serait le retour aux affaires des hommes du pouvoir personnel et des candidatures officielles?

MOI

Je ne redoute pas la réaction pour une raison très simple : Je ne crois pas à l'amour platonique du chef de l'Etat pour le gouvernement parlementaire. S'il l'a accepté, ce n'est pas volontairement mais — ce qui est bien plus glorieux pour lui et ce qui me présente plus de garanties à moi — c'est parce qu'il a compris le mouvement d'opinion qui s'est traduit par les dernières élections. Pensez vous qu'après avoir constaté ce mouvement, qu'après avoir eu la sagesse d'y obéir, qu'après en avoir apprécié les résultats pour l'apaisement si remarquable et si profitable des esprits — Pensez-vous, dis-je, qu'il se ravise tout d'un coup et veuille revenir en arrière?

M. DURAND

Non, certes, mais je voudrais pourtant des garanties plus complètes !

MOI

Jamais vous n'en aurez de plus sûres que l'esprit du pays... Tant qu'il restera ce qu'il est, tant qu'il ne se laissera pas épouvanter par les troubles de la rue, et qu'il saura les combattre, tant qu'il ne se laissera pas émouvoir par les déclamations des irréconciliables et qu'il s'appliquera à leur tenir tête, tant qu'il ne se laissera pas déborder par les suggessions perfides qui soulèvent aujourd'hui les ouvriers contre leurs propres intérêts, et qu'il s'efforcera d'éclairer les travailleurs, — soyez certain que ni l'empereur, ni ses successeurs, quels qu'ils soient, ne songeront à un retour au pouvoir personnel. Si cela doit arriver un jour, c'est que la masse se sera affolée de cette guerre sociale que prêchent, aujourd'hui déjà, ceux qui osent écrire que le propriétaire s'engraisse au dépens de l'ouvrier!.. Et ce jour-là, soyez-en sûr, il n'y a pas de disposition dans la loi qui empêchera la nation d'acclamer le pouvoir absolu, comme elle l'a acclamé en 1848 et en 1851.

M. DURAND.

Je crois, en effet, avec vous, que l'affranchis-
sement du pays n'a pas d'ennemis plus dange-
reux que ces hommes, dont les uns préfèrent la
république sans liberté à la liberté sans république, et dont les autres prêchent, soit par
ambition, soit par conviction, l'accomplissement
de rêves impossibles et d'utopies insensées !
Cependant, je persiste à croire qu'une majorité
trop forte en faveur du plébiscite peut faire
courir des dangers au gouvernement parlementaire.

MOI

En d'autres termes, vous voteriez *non*, si vous
étiez sûr de ne pas avoir la majorité ?

M. DURAND

Justement.

MOI.

Mais si tous ceux qui pensent comme vous, et
je crains qu'il n'y en ait beaucoup, imitaient
votre exemple, le plébiscite serait rejeté malgré

vous, et il ne faut pas se dissimuler que l'empire personnel comme l'empire libéral pourrait bien faire place à la République démocratique, sociale et surtout autoritaire — cette République qui, vous le savez, n'est pas difficile, et s'est attribué, par avance, les abstentions, les bulletins blancs, les votes négatifs, les absents, les malades... j'allais dire les morts.

M. DURAND

C'est peut-être à examiner ce que vous dites là, où plutôt je crois que ce n'est pas à examiner. Il faut voter oui... Après tout, si la Constitution autoritaire de 1852 nous a menés en 18 ans à l'Empire libéral et parlementaire, je ne vois pas pourquoi la Constitution de 1870 ne nous conduirait pas à la réalisation successive de toutes les libertés !

www.ingramcontent.com/pod-product-compliance
Lightning Source LLC
LaVergne TN
LVHW012106170726
843501LV00008BC/2775